AF611816

LA

COMPLAINTE DE MAI

PAR

LAO

PARIS
C. VANIER, LIBRAIRE-EDITEUR
1, RUE DU PONT-DE-LODI, 1

—

1876

LA
COMPLAINTE DE MAI

PAR

LAO

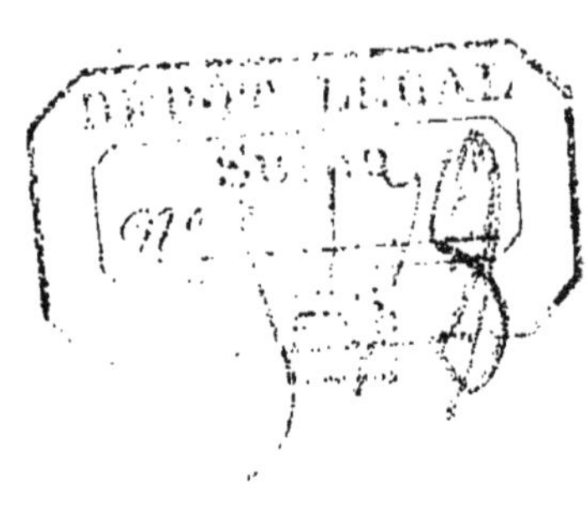

PARIS
C. VANIER, LIBRAIRE-EDITEUR
1, RUE DU PONT-DE-LODI, 1

1876

LA

COMPLAINTE DE MAI

LE VER LUISANT ET LE CRAPAUD

Un rayon, dans l'ombre, erre sur la mousse :
C'est le Ver luisant. — Le Crapaud l'a vu,
Et de son venin soudain l'éclabousse.
« — Que t'ai-je donc fait? — Pourquoi brilles-tu? »

BRUMES

La Brume naît du sein de l'impassible étang,
Et, lente, elle s'élève, et, lente, elle s'étend.
Elle se dit :
« Si faible, hélas! que puis-je faire?
« Sur moi pèse le poids de toute l'atmosphère.

« Plus captive je suis qu'un saule en son écorce.
« Si un rayon venait me donner quelque force,
« Fuyant cet étroit cercle où je tourne et où j'erre,
« Que je m'élancerais vive et prompte et légère !
« Fuyant l'âpre vallée et ses horizons mornes,
« Que je monterais haut dans l'espace sans bornes !
« A planer dans l'azur bien vite habituée,
« Si le Vent, le hardi ravisseur de nuées,
« Alors venait soudain de son avide étreinte
« M'enlacer, avec lui je m'en irais sans crainte.
« Il jouerait à son aise avec mes longues tresses.
« Je saurais tolérer tous ses enfantillages ;
« Je m'abandonnerais à ses folles caresses ;
« Je serais sa compagne en ses lointains voyages.
« Il me promènerait çà et là, pour me plaire,
« Dans le jardin céleste, où je verrais éclore
« Tantôt la Nébuleuse aux fleurs multicolores,
« Tantôt la Croix-du-Sud, et tantôt la Polaire. —
« Mais, ce qui erre et change, amours, haines, colères,
« Votre calme hautain le dédaigne ou l'ignore ;
« Fleurs d'Ouranos ! — Et les étoiles de Cybèle
« Sont moins fières que vous—sont pourtant aussi belles...
« Elles ont le regard moins brillant, mais plus tendre ;
« Elles parlent, et leur langage, on peut l'entendre.
« Et si je les voyais, les fleurettes, les frêles,
« Sous la chaleur du jour, muettes, abattues,
« Contre le trait de feu qui les blesse et les tue
« Sans défense, inclinant leurs pétioles grêles,
« Vers elles, fine pluie ou ondée humble et douce,
« Sans bruit je descendrais, et voltigerais, preste,
« Par les vallons herbus, par les coteaux agrestes,
« Par les champs et les blés et les bois et les mousses,
« Partout où le printemps a voulu qu'elles poussent,
« Redressant toutes leurs maigres tiges penchées,

« Mouillant leur lèvre pâle ; et, leur soif étanchée,
« Les pauvrettes enfin se mettraient à revivre ;
« Et dans l'air flotteraient, de nouveau épanchées,
« Les suaves odeurs qui charment, qui enivrent.
« Alors je leur dirais, aux fleurettes candides :
« — Belles vous êtes ; moi, je vous ferai splendides.
« Celles qui 'ont l'humeur enjouée et courtoise,
« De topazes, de bleus saphirs ou de turquoises
« — A leur choix — j'ornerais leurs corolles gentilles,
« Ou encor de rubis bien rouges qui scintillent ;
« Et celles qui avec un sourire m'accueillent,
« D'émeraudes aussi je parerais leurs feuilles ;
« Et, tout le long des nuits, des molles matinées,
« Je dormirais sur leurs pétales satinées. —
« Mais si, après avoir erré à gauche, à droite,
« Longtemps, je ne trouvais que régions désertes
« Et arides, rochers, sables, gorges étroites,
« Alors, je m'en irais jusqu'à la forêt verte,
« Jusqu'à la forêt sombre, où les sapins austères
« Se parlent à mi-voix, causent avec mystère,
« Et où le gui sacré pend aux branches des chênes ; —
« Je m'en irais jusqu'aux présomptueuses chaînes
« De montagnes, et là, sinistre et lente et lourde,
« Et m'annonçant de loin par des menaces sourdes,
« Je brandirais l'éclair vengeur, et mon tonnerre
« Ebranlerait la cime où l'aigle a fait son aire ;
« Et mes brusques torrents se rueraient vers la plaine,
« Irrésistibles, tout d'un trait, tout d'une haleine,
« Par morceaux entraînant la montagne en leur course !
« Ou bien — lasse d'amours, de luttes et d'épreuves,
« Je deviendrais... qui sait ? mystérieuse source,
« Puis ruisseau babillard, puis onde d'un grand fleuve. »

Ainsi rêve la brume ; elle rêve, elle attend.

Pas un souffle dans l'air, aquilon, ni autan,
Ni zéphir. — Il fait froid. — Ses volutes profondes
Vont en s'éclaircissant, se mêlent et se fondent;
Triste et découragée, elle cède, et bientôt,
Descendant à sa source, elle redevient eau.

Elle a touché à peine, indécise et timide,
Aux glaïeuls de la rive, et sur leurs pâles fleurs
A peine verrait-on quelques taches humides,
A peine reste-t-il quelques traces des pleurs.

Par l'espoir au-dessus de l'âme soutenues,
Effluves que l'air âpre a vite su transir,
Allez, allez-vous-en d'où vous êtes venues,
O brumes d'un matin qui point ne serez nues,
Allez, vagues amours et mobiles désirs !

SOLILOQUES

LE PAPILLON

Si venait le beau temps,
Vite, vite, j'irais, ô Rose qui m'attends,
Effleurer d'un baiser ta feuille parfumée.

L'ABEILLE

Vite, vers toi j'irais, Hymette qui m'attends,
Vite, je reprendrais ma tâche accoutumée,
Si venait le beau temps.

LE ROSIER DE HAMMERFEST

C'est de loin, de ces contrées
Où l'hiver est inconnu,
Où les clartés sont dorées,
Que je suis ici venu.

Je regarde, comme en rêve,
Au loin l'espace béant.
Blancs sont les caps et la grève,
Bleus les fiords et l'océan.

Sans la fille de Norwége,
Je me croirais au désert.
Blanche est sa peau comme neige,
Bleus ses yeux comme la mer.

Je l'entends, de son pas leste,
Qui va et vient, et parfois,
Apparition céleste,
Elle s'approche de moi ;

Elle s'approche, elle fixe
Sur moi de ses yeux d'azur,
Pareils aux yeux d'une Nixe,
Le regard si doux, si pur.

Elle a un triste sourire
A me voir pâle et transi ;
Elle me plaint sans mot dire ;
Et, moi, je la plains aussi ;

Car, elle aussi, elle est pâle,
Pâle comme un froid matin ;
La lumière, un peu de hâle,
Si beau lui rendraient le teint !

Sa lèvre se décolore ;
L'astre, ici, c'est un brasier :
Le soleil ferait éclore
La rose sur le rosier.

Que tu serais bienvenue,
Tiède haleine de l'ouest !
Soleil, écarte les nues
Qui te voilent Hammerfest ;

Daigne à l'arbrisseau morose
Faire largesse, et donner
Ne fût-ce qu'une humble rose,
Une seule, pour orner,

Sur le seuil de sa demeure,
Oublié des aquilons,
Ne fût-ce qu'un jour, une heure,
Son sein ou ses cheveux blonds.

A MON VOISIN L'ORME

Brusque sur nous s'abat la bourrasque ou la grêle.
Pauvre orme, mon voisin, tu t'éveilles ; j'entends
Tout près frémir d'effroi ta feuille sèche et frêle,
Craquer et cliqueter tes membres impotents.

Ils t'ont claquemuré, les gnômes fantaisistes,
Au fond d'un de ces puits qu'ils nomment une cour.
Les jours passent ici sombres, sombres et tristes ;
Ceux d'hiver sont des nuits, ceux d'été sont bien courts.

Du vieux pignon branlant la muraille importune
Entre nous deux s'avance, et voudrait, sans pitié,
Te cacher à mes yeux ; ainsi que de la lune,
De toi je n'ai jamais pu voir que la moitié.

A quoi rêvais-tu donc tout à l'heure ? Sans doute
Au grand soleil dardant, libre, ses flèches d'or ;
A l'ombre de ton front sur quelque agreste route,
Ombre où le piéton, las, fait halte et s'endort ;

Aux muets vents d'ouest et à leur molle haleine
D'effluves imprégnée et d'humides vapeurs ; —
Au souffle âpre du nord, noir tyran de la plaine,
Que l'orme altier défie, et qu'il attend sans peur ;

Au gaz léger qui vient vivifier ta sève ;
Aux sucs dont ta racine au loin va s'emparer ;
Au lierre faible et seul, que ton appui relève,
Et qui, reconnaissant, s'efforce à te parer ;

A ta branche emmêlée à de mobiles branches ;
A ces longs entretiens des arbres dans la nuit,
Du tremble babillard, du chêne à la voix franche,
Du sapin qui soupire et conte son ennui ;

Aux tendres rejetons que préserve du hâle
Ton dôme verdoyant dont avril les voila,
Encor grêles de tige et de feuillage pâles. —
Oui, tu dois, mon voisin, rêver à tout cela.

Et les jours et les mois un à un dans le vide
Tombent, et à leur suite arrive la saison
Qui, farouche et rapace et de débris avide,
Te jalouse jusqu'à ton humble frondaison,

Et te voilà battant l'insensible muraille;
Le djinn bourru qui rôde en hurlant t'a surpris,
Il te gourme, et sans trève il écorche, il éraille
Aux gouttières de fer tes grands bras amaigris,

Mais ton rêve — chassé par la brutale averse
Qui vient de s'engouffrer dans le pierreux fouillis —
Pendant les calmes jours, ton rêve, au moins, se berce
A des bourdonnements et à des gazouillis.

Vers toi des gais moineaux l'essaim jaseur s'élance
Quand vient nous guigner l'aube au regard incertain,
Et dans le demi-jour et le demi-silence
Pétille autour de toi leur babil du matin.

Tu entends des caquets et des battements d'ailes;
D'êtres légers te frôle un tourbillon mouvant;
Tantôt c'est le pigeon, tantôt c'est l'hirondelle
Qui vient de son vol prompt t'effleurer, et souvent

Tout comme si, joyeux et frais et plein de force,
Tu habitais, là-bas, la colline aux ormeaux,
Toi, tu sens un bec frêle agacer ton écorce,
Une étreinte mignonne autour de tes rameaux,

PENDANT LA BOURRASQUE

—

Il pleut. La feuille lisse
Des fleurs
Inonde leur calice
De pleurs.

Hélas ! vers l'une d'elles
Souvent
Se hâte à grands coups d'ailes
Le vent.

Autour, l'oiseau voltige.
L'appui
De la flexible tige,
C'est lui.

Il gazouille : « Je t'aime
« D'amour.
« Je crois, dans la nuit blême,
« Au jour.

« Malgré l'ombre jalouse,
« Charmé,
« Je vois sur la pelouse
« De mai

« Resplendir ton ombelle,
« Bravant
« La tempête, et plus belle
« Qu'avant,

« Sur la voûte du chêne
« Sylvain,
« L'ouragan se déchaîne
« En vain.

« D'Eole qui l'éprouve,
« Il rit.
« Sous son toit l'oiseau trouve
« Abri.

« Il défend de la neige
« Le gui ;
« Mais la fleur qu'il protége
« Languit.

« Apre et rude est l'écorce
« Du bois.
« Moi j'ai, sinon la force,
« La voix.

« La voix émue et tendre
« Qui peut
« Rassurer, faire attendre
« Un peu.

« Quand mon chant doux et libre
« Gémit,
« Des fleurs la frêle fibre
« Frémit.

« Il éveille ou fait naître
« L'essaim
« Des parfums qui pénètrent
« Leur sein,

« Il sait bercer leur rêve
« Si frais. —
« Je serai là, sans trève,
« Tout près.

« L'heure s'approche où rentre
« Typhon
« Dans l'ombre de son antre
« Profond,

« L'heure où fuit le nuage
« Epais,
« Où succède à l'orage
« La paix.

« D'Aquilon se modère
« L'essor.
« L'aube va poindre. Espère
« Encor !

Et, sitôt que s'envole
« L'effroi,
« Entr'ouvre ta corolle
« Pour moi ! »

CE QUE RÊVENT LES BONNES BOUTEILLES

—

Fi du gros vin lourd, qui teint et qui tache !
Va, piètre élixir, va, pauvre liqueur,
Du reître mouiller la roide moustache,
Alors qu'il se carre en mâle vainqueur !

Attise l'ardeur des honteuses fièvres !
Peins en violet le nez de Falstaff !
Rien qu'à t'effleurer, se crispent mes lèvres,
S'effare ma soif !

Fi du vin mousseux qui triche et qui trompe !
Le rire, avec lui, fait place au hoquet.
En vain l'échanson le verse en grand'pompe
Dans le fin hanap, le vase coquet.
Sous son faux éclat l'ombre se révèle ;
Son pétillement perfide et moqueur
Éblouit les yeux, trouble la cervelle,
Et glace le cœur !

Simple ou riche, à moi peu m'importe l'urne,
Humble poterie, onyx ou cristal.
Fi du vin qui rend fourbe ou taciturne,
Éveille le traître, arme le brutal,
Et qui mal conseille, et dont la grimace
Transforme sur terre Eden en Babel,
Et qu'a bu Caïn quand il prend sa masse
Pour tuer Abel !

Le raisin qui l'a couvé dans ses grappes,
Nul ne peut savoir d'où il est venu ;
D'aucuns vont disant qu'en font leurs agapes
Les noirs festoyeurs du monde inconnu.
Il hait le ciel bleu, il hait l'aube rose,
Cache au soleil d'or son feuillage vert ;
Dans la boue il croît, de sang il s'arrose,
Il mûrit l'hiver ! —

Et vive à jamais les bonnes bouteilles !
Chaque jour qui fuit les voit ennoblir.
Et soyez bénis, vignobles et treilles

Où le vieil Octobre alla les emplir !
Vos ceps, qui du Sud boivent les haleines,
Descendent du cep choisi par Noé.
Chrétiens, louez Dieu ! vous, fils des Hellènes,
Clamez : Evohé !

Evohé ! Noël ! — Roulant ses yeux ternes,
Le cuistre nous veut faire la leçon.
Hors d'ici, grimaud ! Qu'entre nous alterne
Le vieux dithyrambe avec la chanson !
Mêlez vos accords, viole et cithare !
Prends, Anacréon, ce verre tout plein ;
Et toi, sans broncher, vide ce canthare,
Ami Basselin ! —

Cybèle gauloise aux bises épaules,
Près des flots mouvants tu rêves, tu dors.
Quittant d'autres cieux, dans le ciel des Gaules
A passé Phœbus aux beaux cheveux d'or. —
Vers elle le Dieu revient chaque année,
Le regard joyeux, le front éclairci ;
Et de leurs amours celles-là sont nées
Que je chante ici.

Les unes — voyez — de leur brune mère
Elles ont gardé le chaud coloris ;
Ce n'est pas encor la flamme éphémère
Que fait soudain luire un baiser surpris.
Au lieu de rubis s'ornant d'escarboucles,
Leurs suaves sœurs versent un vin blond,
Un vin plus doré que tes larges boucles,
Phœbus-Apollon !

Calmes d'apparence, au fond pétulantes,
De vagues soupirs leur gonflent le sein.
Sous leur long regard les semaines lentes

Marchent d'un pas grave autour du lieu saint,
Autour du cellier, sous les sombres voûtes.
Trop jeunes encore, enfants aujourd'hui,
Le temps paternel les confine toutes
Dans le frais réduit.

Dans le frais réduit, la retraite sûre,
Par les soupiraux étroits et profonds,
Arrivent plus sourds qu'un lointain murmure
Les cris de la rue et le bruit que font
Charrettes de gueux, carrosses de princes,
Tombereaux trop lourds, biges trop pressés,
Et maint et maint char dont crie et dont grince
L'essieu mal graissé.

Hier (je devrais peut-être le taire),
A l'heure où Vesper s'allume au ciel pur,
Dans le crépuscule et dans le mystère
Je me suis glissé vers l'asile obscur.
Je m'y suis blotti, tout yeux, tout oreilles.
O vivante nuit ! souffles embaumés !
Paix délicieuse ! haleines pareilles
A celles de Mai !

Bientôt j'entrevis de légers fantômes,
Les plus rassurants qu'on puisse évoquer.
C'étaient les parfums, c'étaient les arômes,
Tout ce qui du vin forme le bouquet.
Celles qu'en cette ombre on garde et on musse,
Je les entendis entre elles causer.
Si elles m'avaient su là, elles m'eussent
Trouvé bien osé !

« — O le noir destin d'être condamnée
« A rendre un semblant de vie et d'ardeur
« A quelque esprit lourd, quelque âme fanée,

« Où jamais de l'art n'ont lui les splendeurs !
« O l'aimable sort pour nous, en revanche,
« De faire apparaître à l'œil qui sait voir
« L'elfe aux ailes d'or ou la nixe blanche
« Dans l'ombre du soir !

« Me plairait à moi celui qui se plonge,
« Comme en la mer bleue un fier jouvenceau,
« Dans les régions où flottent les songes
« Que savent fixer flûtes et pinceaux.
« Aux riants jardins où rien ne s'effeuille,
« Où brillent les sons, chantent les couleurs,
« Pour m'enguirlander je veux que l'on cueille
« Les plus belles fleurs ! »

« — N'essaiment si loin, si haut ne s'élèvent
« Mes ambitions, et, près de celui
« Qui n'aura jamais rêvé ces beaux rêves,
« Point ne sentirai le froid de l'ennui,
« Pourvu qu'il soit gai, pourvu qu'il soit tendre,
« Qu'en lui mon regard éveille l'émoi,
« Et qu'il ait la voix bien douce à entendre,
« Et n'aime que moi ! »

« — Et moi, je voudrais être la compagne
« D'un Gall au front large, au verbe hardi,
« Qui ne bâtit pas châteaux en Espagne,
« Mais dit ce qu'il pense, et fait ce qu'il dit.
« Au pays des serfs point ne croît la vigne,
« Ni sur le coteau, ni dans le ravin.
« Qui sert les tyrans est un être indigne
« De boire du vin ! »

« — Je suis difficile, et n'entends qu'on m'aime
« Si — ne riez pas — l'on n'est, par ma foi,
« Amoureux du Beau comme de moi-même,

« Brave et bon garçon — le tout à la fois ;
« Il faut que l'on ait bon cœur, bonne tête,
« Et que l'on soit souple, et pourtant nerveux : —
« Oui, c'est un trouvère, oui, c'est un poète
« Que pour moi je veux !

« Ni à ses élans ni à ses ivresses
« Ne me soucierai de mettre le frein ;
« Un baiser joyeux ou une caresse
« De chaque couplet sera le refrain.
« Bien fin qui, dans nos vibrantes antiennes,
« Dans nos chants d'espoir, à tous vents épars,
« Saura distinguer ma voix de la sienne,
« Et faire les parts ! »

« — Point ne me parlez d'un damoiseau blême,
« Roide et compassé, tragique et transi.
« Je veux, mon buveur, qu'à sourire il aime,
« Qu'il ait rouge lèvre, œil ardent aussi ! »
Que si nous étions, tous, dans cette enceinte,
Frères en Bacchus, plus long j'en dirais,
Mais il ne faut point de la crypte sainte
Trahir les secrets.

Larrons et lurons — les Gras et les Maigres —
Naguères encore essaim pullulant,
Vont trottant menu, toujours moins allègres,
Sous un ciel pour eux toujours plus brûlant.
Tout zéphir leur semble un souffle de forge ;
Ils guignent la cave et ses murs épais ;
Ils reluquent l'huis, la flamme à la gorge.
— Au large, suspects ! —

Calmes d'apparence, au fond pétulantes,
De leurs fins regards, dans l'ombre luisants,
Elles ont suivi les semaines lentes,

Elles ont suivi les mois et les ans.
L'antique logis s'émeut jusqu'au faîte;
Pour les accueillir il s'est rajeuni;
La vigne le vêt d'un habit de fête.
L'aire devient nid.

Poètes aux voix sonores ou grêles,
Muets aujourd'hui, chantez-les demain.
Toutes à vos chants vibrent : c'est pour elles
Qu'Apollon vous mit une lyre en main.
Il vaut, leur glou-glou, les vers d'Hésiode.
Ah, puisse bientôt nous charmer encor
De leur doux babil, de vos fières odes
L'ineffable accord!

LES DEUX POÈMES DE LA JEUNESSE

A travers Chants, Poésie,
— Chants nouveaux et Chants vieillis, —
Tu vas à ta fantaisie ;
Mais la Vie est ton pays,

Ton pays où tu es née,
Où ton beau teint s'est bruni,
Où tu reviens chaque année,
Comme une oiselle à son nid. —

Vers le Rêve, ouvrant ses ailes,
Parfois elle prend son vol :
Dans la Vie, elle est chez elle ;
Ses pieds y touchent le sol.

Parmi les mètres, les nombres,
Tel qui la suit à plaisir
Souvent n'atteint que son ombre
Quand il pense la saisir.

Lutte, poëte, et travaille!
Des beaux rhythmes de Sâdi
En est-il un seul qui vaille
Celui de ton pas hardi,

Celui de ton pas sonore
Sur les pierres du chemin?
Marche aujourd'hui, marche encore!
Tes chants vibreront demain.

Rondeaux, villanelles tendres,
Fiers bardits, nobles tensons,
Quand tu passes, à t'entendre,
S'éveillent dans les buissons.

Ah! quelles strophes sublimes,
Dans le silence du soir,
Disent, en croisant les rimes,
Deux yeux bleus et deux yeux noirs! —

Verte est la feuille, ou flétrie.
Les vents soufflent inconstants.
Oh! que de choses varient
Avec les lieux et les temps!

La Jeunesse, elle aussi change
Avec les temps et les lieux.
Il est des plaines étranges
Où les gens naissent tout vieux.

Celle des bords où nous sommes
Parfois fredonne un verset.
Celle du Pays des Hommes,
Deux poëmes elle sait.

Deux poëmes elle chante,
Deux poëmes d'autrefois.
Oh! que sa voix est touchante!
Oh! que tonnante est sa voix!

Ils déroutent des Pléiades
Tous les essais hasardeux.
L'Odyssée et l'Iliade
Semblent pâles auprès d'eux !

Les voici, ces deux poëmes
Si souvent jetés au vent :
L'un n'a que trois mots : « Je t'aime ! »
L'autre, que deux : « En avant ! »

TROP TOT

—

Quoi ! déjà te voilà,
O pauvre tôt-venue ?
Sombre encore est la nue
Dont l'hiver nous voilà.
Pour nous délivrer d'elle
Il faut les fiers autans.
Hélas ! une hirondelle
Ne fait pas le printemps.

Ces noirs corbeaux d'hiver,
A te voir ils s'irritent.
La chouette hypocrite
Te guigne de travers.
De la lâche séquelle
Crains les becs impudents.
Hélas ! une hirondelle
Ne fait pas le printemps.

De tout ton frêle corps
Le froid te rend tremblante.
La journée est bien lente,

La nuit plus lente encor.
Azur, libres coups d'ailes !
Amours, nids gazouillants !...
Hélas ! une hirondelle
Ne fait pas le printemps.

LA COMPLAINTE DE MAI

Mai boit à large dose
Le coup de l'étrier. —
Hélas ! c'est toujours Nivôse
Sur notre calendrier.

A Vincenne, à Boulogne,
Chants d'oiseaux tout le jour. —
Beugle, orgue ! orgue, grince et grogne !
Gronde et ronfle, sot tambour !

Lac, ton onde lustrale
Rafraîchit le bouvreuil. —
Sur nos fronts verse une eau sale
Le goupillon du cercueil.

O Naïades nubiles !
Prés, bientôt leurs maris ! —
Nos ruisseaux sont immobiles
Et nos fleuves sont taris.

La sève erre et voyage,
Tout bourgeonne à la fois. —
Quand poussera ton feuillage,
O vieux chêne des Gaulois ?

Le blé, future gerbe,
Croît, verdoie et sourit. —

Dans nos champs pas un brin d'herbe ;
Sous terre le grain pourrit.

Rose, on t'aime, et tu brilles,
Tu te ris du chardon. —
Ils ont volé, pauvres filles,
Arc et flèche à Cupidon.

Rossignols et fauvettes
Voltigent deux par deux. —
Oh ! des crevés, des crevettes,
Les accouplements hideux !

Bois, fleurs, oiseaux, oiselles,
Mai vous rhabille à neuf. —
Pas encor de plume aux ailes !
Nus comme au sortir de l'œuf !

Jeune, elle a, votre année,
La fraîcheur pour trousseau. —
La nôtre est déjà fanée,
Vieillote dès le berceau.

Oh ! le sombre caprice,
Dieu bizarre et jaloux !
Pourquoi nous mettre au supplice ?
Pourquoi te jouer de nous ?

Désirs ! lutte inféconde !
Cœurs toujours palpitants ! —
Fais l'hiver pour tout le monde
Ou donne à tous le printemps !

LA CONFESSION DES ANIMAUX

Le Lièvre à confesse est allé.
Qu'a-t-il dit ? — « Je rêve, étalé

« Dans mon antre, guerre et ravage.
« J'ai l'humeur vraiment trop sauvage.
« Quand j'apparais — partout l'émoi !
« Chien, Faucon, Renard, devant moi,
« Aussi vrai que je suis le Lièvre,
« Tremblent la peur, tremblent la fièvre. »

Le Confesseur s'est fâché.
Il a fermé son guichet.

A confesse l'Ane est allé.
Qu'a-t-il dit ? — « Ce siècle troublé
« Fait germer entre mes oreilles
« Des combinaisons nonpareilles.
« Bienheureux les pauvres d'esprit !...
« Pour manger mon fruit favori,
« J'ai trop souvent, sans méfiance,
« Secoué l'arbre de science. »

Le confesseur s'est fâché.
Il a fermé son guichet.

A confesse est allé le Thon.
Qu'a-t-il dit ? — « De baisser le ton
« Il serait temps. Je me prodigue.
« Je brave enrouement et fatigue.
« On n'entend que moi jour et nuit ;
« Et cependant trop parler nuit.
« J'objurgue, et crie, et déblatère !
« Je devrais bien un peu me taire. »

Le Confesseur s'est fâché.
Il a fermé son guichet.

A confesse est allé le Porc.
Qu'a-t-il dit ? — « Trop digne est mon port.
« Pour éviter une macule,
« Je tergiverse et je recule.
« Pudibond, chaste et circonspect,
« A l'excès de moi j'ai respect.
« Dans les scrupules je m'énerve.
« Je pèche par trop de réserve. »

Le Confesseur s'est fâché.
Il n'ouvre plus son guichet.

UN VIEIL AMI
1874

J'ai un ancien ami d'enfance,
D'humeur originale — car
S'il me voit las et sans défense,
Il ne se tient pas à l'écart.

Pour venir il choisit son heure, —
Celle où m'assiége l'âpre ennui,
Celle où je m'irrite et m'épeure
De cette interminable nuit.

Il s'assied, se croise les jambes,
Me guigne, paisible et serein.
Il ne déclame point d'ïambes,
Mais connaît plus d'un vieux refrain.

Quelque peu docte en médecine,
Il n'éclipse pas Galien :
Sans guérir le mal qui s'obstine,
Il peut l'endormir bel et bien.

Je suis myope, il est presbyte.
Son long regard distingue au loin
Le but, l'horizon, la limite,
Que je perds de vue en mon coin.

En mettant un pied devant l'autre,
On fait parfois bien du chemin.
Dans son œil gris — le bon apôtre —
Je déchiffre ce mot : « Demain ! »

Jamais de flamme sur sa joue,
Sur sa lèvre jamais d'émoi.
Haussant l'épaule, il fait la moue,
S'il n'en sait pas plus long que moi.

Oncques il n'a grand'chose à dire ;
Ce n'est pas un bavard, oh ! non.
L'autre jour, je l'ai vu sourire. —
J'oubliais de dire son nom,

Le voici : cet ami d'enfance,
Il s'appelle : « La Patience. »

POURQUOI !

Sous le soleil des cieux, immuable en sa course,
Rien pourtant n'a changé, sol, ni onde, ni air.
Rien de nouveau. Bosquets touffus, limpides sources.
La rose d'aujourd'hui vaut la rose d'hier.

Des étoiles n'a pas diminué le nombre ;
Non plus celui des brins d'herbe dans les prés verts.
Sur les sombres cités et sur les forêts sombres
Toujours étrangement vibrent les vents d'hiver.

Pourquoi, vous qui naguère éveilliez en mon âme
Tant d'échos, à présent me laisser calme et coi ?
Pourquoi du feu fantasque aux voltigeantes flammes
Déjà ne reste-t-il que des cendres ? — Pourquoi ?

Parce que toi, Kosmos aux voûtes constellées,
Tu es un péristyle, et non le Temple humain.
L'Architecte a d'abord bâti les Propylées ;
Au Naos il n'a pas encore mis la main.

Parce que vous, parfums, vous, souffles de zéphires,
D'haleines me parliez plus douces que le nard ;
Toi, flot bleu tremblotant, tu disais le sourire ;
Toi, fleur, tu me faisais pressentir le regard.

Parce qu'en vous déjà je ne vois plus d'emblèmes,
Gages d'enivrements, présages de douleurs,
Et que vous n'êtes plus pour moi rien que vous-mêmes —
Des souffles, des parfums, et des flots et des fleurs.

Les teintes, les senteurs, les sons de la nature,
Frimas étincelants, bleuets épanouis,
Du splendide opéra m'ont joué l'ouverture ;
Mais, ce qu'elle annonçait, je ne l'ai point ouï.

Merles aux fraîches voix dans les vallons éparses,
Vous, bourdonnants essaims qu'Avril nous redonna,
Tous, tant que voici, n'êtes que des comparses :
Où donc sont les acteurs? où la prima donna?

Dans le palais immense où l'abondance règne,
Le poids des mets fumants fait les tables plier ;
Je distingue, aussi loin que mes regards atteignent,
D'innombrables flambeaux, — et pas de conviés.

A entendre mon pas sonore je frissonne.
Aux foyers le feu brille, et cependant j'ai froid.
Parfois je me retourne et regarde : personne.
Par degrés m'envahit l'ennui, presque l'effroi. —

Voix du Sud et du Nord, bruits des vents, bruits des vagues,
Oh ! pour l'enfant naïf, l'éphèbe curieux,
Que vous aviez de mots et d'allusions vagues,
Et de chuchotements doux et mystérieux !

Soleil, combien était magique ta lumière !
A tes feux se mêlaient, caressant mon chevet,
La diffuse lueur et les rougeurs premières
D'un astre encor plus beau — qui ne s'est pas levé.

Sous ton char qui poursuit son immuable course
En vain rien n'a changé, sol, ni onde, ni air ;
En vain chantent les bois et murmurent les sources : —
Aujourd'hui ne tient pas les promesses d'Hier.

Où il vous plaît d'aller, voguez, brillantes nues ;
Sans moi, feuilles et vents, essayez vos accords : —
Celle qui suit ma route, elle n'est pas venue.
Ceux qui savent mon nom ne sont pas nés encor.

LES MARRONNIERS SONT REFLEURIS

—

Voici, parmi les feuilles rousses,
Çà et là des boutons ouverts.
Voici verdir de jeunes pousses.
Hélas ! hélas ! bientôt l'hiver.
Triste, on sourit à voir que s'ente
Sur octobre le frais avril.
Attraits défunts, grâces naissantes,
Les marronniers sont refleuris.

De bonne heure le soleil blême
Regagne, las, son gîte froid.
Les pauvres fleurs sont d'elles-mêmes
Quelque peu honteuses, je crois.
Comme ces duègnes revêches
Qui gardent les blanches houris,
Renfrognez-vous, ô feuilles sèches.
Les marronniers sont refleuris.

Lente à vieillir parfois est l'âme.
Sous des poils gris luit un œil noir.
Du désir voici bien la flamme,
Mais où est le rayon d'espoir?
Daus les brumes et les fumées
S'égare l'arôme appauvri.
Pâles refrains, muse enrhumée.
Les marronniers sont refleuris.

SOLEIL D'HIVER

Sur la vallée,
Soleil d'hiver,
Salut, allée
Des Arbres-Verts!

Vague mystère :
Comme en avril
S'émeut la terre;
Le ciel sourit.

Voici Nivôse
Qui, mort et froid,
Sur sa couche ose
Se dresser droit;

Qui de la vie
Franchit le seuil,
L'âme ravie,
La flamme à l'œil.

Se peut-il faire
Que nous ayons
Bleue atmosphère,
Feuilles, rayons!

« — La feuille est noire,
« Le rayon blanc;
« Et toi, Gringoire,
« Tu vas tremblant.

« L'azur est pâle,
« Le nid désert;
« Le corbeau râle
« Au haut des airs.

« Où sont, poëte,
« Niais, où sont
« Les alouettes
« Et les pinsons? »

— La route est brève,
Court le chemin:
Plus je ne rêve
Du lendemain.

L'ombre s'allonge,
Le temps a fui:
Plus je ne songe
Qu'à aujourd'hui.

J'ai la ramée
De l'if hautain:
Brume ou fumée
Point ne m'atteint.

J'ai la muraille
Des cyprès bas:
Du vent je raille
Tous les ébats,

Fleurs, herbes, mousses,
Dormez en paix :
Il faut que pousse
Le lierre épais.

Me plaît le cygne
Près du corbeau ;
Plus que la vigne
Le houx est beau.

Tertres, de lierre
Mi-recouverts,
Sobre lumière,
Soleil d'hiver,

Souffles alertes,
Pins en émoi, —
Tout cela, certes,
Est mieux pour moi ;

Mieux qu'une trève
Au dur combat,
Mieux qu'un doux rêve
Sur un grabat,

Qu'une accalmie
D'âme et de corps ; —
N'en doutez mie,
C'est mieux encor !

Au soleil blême
Je dis merci ;
Ainsi je l'aime,
Le veux ainsi.

LA LÉGENDE DE L'OISEAU INVISIBLE

Pas encore n'a dans l'ombre retenti le cri du coq,
Et déjà le jeune moine se lève et revêt son froc.
Depuis une année à peine il s'est lié par des vœux.
Il a le menton sans barbe, il a tout ras les cheveux.
Il s'en va, pensif et triste, le pâle Bénédictin,
Dire au loin dans la campagne sa prière du matin.
La chapelle est vide et close, car la cloche, bien souvent,
Jusqu'à l'heure de la soupe laisse ronfler le couvent.
Trop tôt point elle n'éveille l'hôte épais du vieux moutiers.
Pour le repas, la ripaille, elle tinte volontiers;
Ou bien pour le boute-selle, alors qu'il s'agit d'aller
Traquer les biches timides, les daims faire détaler,
Quelque voyageur occire, quelque veuve rançonner; —
Mais guère, pour les matines, il ne lui chaut de sonner.
Il franchit le seuil profane, il s'en va, dans le lointain,
Dire sous la grande voûte sa prière du matin.
Il gravit l'humble colline, et, sur le gazon mouillé,
Immobile, les mains jointes, le voici agenouillé.
Le zénith est noir comme encre, mais l'orient semble gris.
Il prie : « Écoute ma plainte, prête l'oreille à mes cris!
« Des profondeurs de l'abîme j'ai clamé vers toi, mon Dieu!
« Contre Satan plus d'asile, pas même dans le saint lieu!
« Prends pitié de ma faiblesse! de la mort je sens le froid!
« Ma pensée erre et s'égare, mon âme est pleine d'effroi! »
Le zénith est gris et pâle, rouge est la nue au levant,
Il prie : « Ici-bas dois-je être toujours seul, ô Dieu vivant?
« Tes prêtres et tes lévites sont nombreux, mais sont épars.
« Vers Sion la glorieuse guide-les de toutes parts,
« Pour que fasse un même zèle battre à l'unisson nos cœurs,
« Pour qu'au Temple tes louanges nous puissions chanter en chœur!
Au zénith rouge est la nue; tout, à l'est, est calme et clair.
Il prie : « O toi que connurent Gad, Juda, Ruben, Azer,
« Ton Messie et ses apôtres ont fait de nous des chrétiens.
« Nous aussi sommes ton peuple, nous voici devenus tiens,

« Nous suivons ta loi sacrée, nous demeurons tes féaux,
« Seigneur, délivre ce peuple des tyrans et des fléaux! »
Le zénith est clair et calme, l'est riant et radieux.
Il prie : « O mon Dieu, du crime brise le joug odieux!
« Fais qu'à l'heure solennelle où l'aube du jour nouveau
« Eveille plaines et villes, luit sur les monts et les vaux,
« A toi qui créas la Terre, la Terre puisse t'offrir
« Des hymnes, des cris de joie, non des pleurs et des soupirs! »
Il prie, et les yeux il baisse devant l'astre qui a lui.
Voici qu'un oiseau commence à chanter auprès de lui.
Ce n'est pas la villanelle qu'insoucieux vont flûtants
Les merles et les fauvettes de ces siècles, de ces temps.
Ce n'est pas la litanie des désirs ou des regrets,
Distraitement écoutée, oubliée une heure après.
Le jeune homme, de sa vie, n'a rien de pareil ouï.
Sa tristesse est disparue, il se sent épanoui.
La surprise au doux sourire lui défronce les sourcils,
Son œil terne se ranime ; son visage s'éclaircit.
Les accents, d'abord timides, s'enhardissent, et, vainqueurs,
S'emparent de son oreille, pénètrent jusqu'à son cœur.
Il entend le bruit des ailes ; l'oiseau, point il ne le voit;
Mais il le sait là tout proche, à juger d'où vient la voix.
Elle vient de l'aubépine à la souriante fleur.
C'est là qu'est perché, sans doute, le mélodieux siffleur.
Du milieu des blanches touffes il gazouille une chanson
Plus fraîche et franche et naïve que celle d'un enfançon,
Puis c'est du bouleau flexible que vers lui la voix descend,
Du svelte bouleau, semblable à un frêle adolescent.
Vague est ce qu'elle murmure, hésitant ce qu'elle dit.
Le soleil avec la brume ainsi lutte avant midi.
Elle vient de l'églantine — tendre, mais pure toujours.
Que dit-elle? ést-ce l'antienne des idylliques amours?
Tresse-t-elle la guirlande des ivresses, des douleurs? —
Du pauvre moine la joue est toute moite de pleurs.
Elle vient du houx rigide, du houx sévère et fatal,
Qui de dards arme et hérisse son feuillage de métal,
Apre et haute elle résonne, son timbre est rude et railleur.
A tous les vents elle jette les refrains du batailleur.

De la vigne elle s'élance, de la vigne au bois tortu.
C'est la force qu'elle chante, la verdeur et la vertu.
Riches, les notes s'égrènent comme en Octobre on peut voir
S'égrener des lourdes grappes les raisins dorés ou noirs.
Elle vient du bosquet sombre, elle tombe du grand if.
Lentement elle module un lai si doux, si plaintif!
Entre la joie et les larmes qui donc hésite à choisir?
Serait-il des amertumes préférables aux plaisirs?
Et ainsi, de branche en branche, d'arbrisseau en arbrisseau,
Erre le chantre invisible, voltige l'étrange oiseau.
Il voltige, et l'humble moine, par les bois et par les champs,
Muet, le suit à la trace, à la trace de ses chants.
Il le suit dans la vallée où, babillard et content,
Parmi les joncs et les prêles le ruisseau va se hâtant;
Dans la plaine, où une haleine fait ondoyer les blés verts;
Sur les bords de l'étang vaste, de lis d'eau mi-recouvert.
Et la voix est moins distincte : il semble que, peu à peu,
L'oiseau s'élève et tournoie et se plonge dans le bleu.
Et le moine écoute encore, alors que plus il n'entend.
Mais point ne faut qu'il s'attarde, au monastère on l'attend.
Au monastère il retourne; les abords trouve changés,
Bien que tout il reconnaisse, tout lui est comme étranger.
Le rameau, non loin du porche, qu'il a planté de sa main,
Est devenu un grand arbre qui ombrage le chemin.
Le moutier tombe en ruines; ronces, débris entassés.
Le Temps et aussi la Guerre sont par là certes passés.
D'un regard de méfiance les gens suivent tous ses pas.
Il leur dit: « Salut, mes frères! » ils ne le comprennent pas.
La parole ils lui adressent : lui non plus ne les comprend.
La langue que ces gens parlent, c'est celle du Conquérant,
Sur sa route se présente le bassin du vieux lavoir.
Au-dessus du miroir calme il se penche pour se voir.
Il a blanche et longue barbe, il a cheveux longs et blancs.
L'âge a courbé son échine, rendu ses genoux tremblants.
Et il se remet en marche, et la colline il atteint
Où il était allé dire sa prière du matin.
Plus de soleil, c'est la lune qui surgit à l'horizon.
Il s'agenouille, il s'affaisse, il s'étend sur le gazon.
De reposer voici l'heure. Dors en paix, dors. Il est temps
De sommeiller un bon somme, quand on a veillé cent ans.

TROP TARD

Longtemps, comme à plaisir,
Errant de lande en lande,
Des espoirs, des désirs,
J'effeuillai la guirlande :
« On chante, on rit là-bas !
« Amours, joyeux ébats !
« Morne plaine de neige,
« Quand donc t'échapperai-je ? »

Le perfide lacet
De ma route sournoise,
Sous mon pas harassé,
Se double et s'entrecroise. —
Enfin, oui, je le vois,
Je clame à pleine voix,
Vers le val de Jouvence
Je me hâte et m'avance.

Je m'avance. O douleur !
Je me hâte. O ruine !
Tout est nu, sans couleur.
Partout laide bruine.
Les bois sont désolés,
Les oiseaux envolés.
Des branches vacillantes
Les larmes tombent, lentes.

Je les sens sur mon cœur
Qui tombent goutte à goutte.
La stryge au ton moqueur,
Siffle ou susurre : « Ecoute !
« Je ris sous le ciel bleu ;

« Je pleure alors qu'il pleut.
« Je m'appelle la Brise.
« Je m'appelle la Bise.

« Hère au visage long,
« Long comme un jour de jeûne,
« Que n'es-tu jeune et blond ?
« Pour qui est blond et jeune
« Tous les bosquets sont verts.
« Sot, qui crois fuir l'hiver,
« Avec toi tu l'apportes.
« Cheveux gris — feuilles mortes.

« L'été, le renouveau,
« Et l'hiver et l'automne
« Dansent par monts et vaux
« Leur ronde monotone.
« A ton prochain avril,
« Reviens, frais et fleuri ;
« Dans tes boucles soyeuses
« Je me jouerai, joyeuse. »

Un froid sourire naît
Sur ma lèvre morose :
« — Las ! pour moi plus il n'est.
« Ni d'avril, ni de roses.
« D'autres que moi viendront.
« Sans retour à mon front
« La couronne est fanée.
« L'homme n'a qu'une année. »

2414 Paris. — Imp. Richard-Berthier.

2414 Paris. — Imp. Richard-Berthier, 18-19, pass. de l'Opéra.

www.ingramcontent.com/pod-product-compliance
Ingram Content Group UK Ltd.
Pitfield, Milton Keynes, MK11 3LW, UK
UKHW021118230726
13926UKWH00002B/540

9 782013 591577